GW00601170

Et moi ?

À mon amie Chipette

Première édition dans la collection « lutin poche » : janvier 1999

Loi numéro 49 956 du 16 juillet 1949 sur les publications
destinées à la jeunesse : mars 1997
Dépôt légal : novembre 2009
Imprimé en France par Mame Imprimeurs à Tours
ISBN : 978-2-211-05226-9

Mireille d'Allancé

Et moi ?

lutin poche de l'école des loisirs

11, rue de Sèvres, Paris 6^{e}

C'est bien simple :
dans la maison de Lolotte,
depuis que bébé est né, rien ne va plus.

« Debout, Lolotte, lève-toi vite, on est en retard ! »
« Encore en retard ? » soupire Lolotte.

Au pas de course, Lolotte s'est habillée et a pris
son petit déjeuner. C'est déjà l'heure d'aller en classe.
« Tu peux me mettre mes rubans, maman ? »
« Tout de suite ! Attrape-moi d'abord une serviette, s'il te plaît. »

« Allez, maman, c'est mon tour maintenant, on est en retard ! »
« Et si tu essayais toute seule, comme une grande ?
J'habille vite le bébé et je t'attends dans la voiture,
n'oublie pas ton cartable ! »

« Tu vois, tu t'es pas mal débrouillée avec tes rubans »,
dit maman en amenant Lolotte à l'école.
Lolotte n'a pas l'air convaincue.
« Encore une journée qui commence mal », se dit-elle.

Heureusement, ce matin, c'est la leçon de dessin.
Lolotte s'applique, car le dessin, c'est de loin ce qu'elle préfère.

La maîtresse parcourt les rangs et s'arrête tout d'un coup près de Lolotte. « Bravo Gaspard, magnifique ce dessin !
Tes couleurs sont épatantes.
Veux-tu l'accrocher au tableau, s'il te plaît ? »
Lolotte relève la tête : « Et moi ? »

« Mais oui, Lolotte, le tien aussi est beau ; tiens, Gaspard, prends aussi le dessin de ta voisine et va l'accrocher ! »

Gaspard accroche les dessins à sa manière.
« Pas comme ça ! » s'écrie Lolotte, « mets le mien
comme il faut ! »
Gaspard s'en moque : la cloche a sonné,
c'est l'heure de la récré.

Dans la cour, Bernadette s'approche de Lolotte.
« Tes rubans sont de travers, tu veux que je te les arrange ? »
Laisse-moi ! » répond Lolotte, « ils sont très bien, mes rubans. »
Lolotte n'est pas contente. Elle décide d'aller reprendre
son dessin. Elle l'offrira à sa maman et à son papa.

De retour à la maison, Lolotte va à la cuisine où sa maman est en train de préparer un bon goûter. Lolotte sort le dessin de son cartable et le pose sur la table.
« Comment tu le trouves, maman ? »
Mais voilà qu'on entend pleurer à côté.

« Attends, c'est bébé. Il doit avoir faim. »
« Moi aussi, j'ai faim », dit Lolotte.

Lolotte attend maman dans la cuisine. Le temps lui paraît long,
très long, très, très long. Enfin, maman revient.
« Voilà, ce petit est un vrai glouton, viens Lolotte,
je te prépare tout de suite ton goûter. »
Lolotte tourne les talons et disparaît dans sa chambre.

C'est décidé, elle part avec Nounours,
en emportant juste un petit bonnet de laine pour la pluie,
son sac à main…

…et la tartine du goûter. Maman est occupée dans la pièce
à côté et n'a rien vu. Sur la pointe des pieds,
Lolotte quitte la cuisine et sort par la porte du jardin.

« Tu sais, Nounours, ils pourront me chercher,
je ne reviendrai pas ! »

Au bord de la mare, Lolotte s'installe pour pique-niquer.
« Zut, des gouttes ! J'ai bien fait de prendre mon bonnet,
dis donc…

…et heureusement, papa a laissé la porte de la cabane ouverte.»

Bientôt tout semble très calme dans le jardin. La nuit tombe peu à peu. Blottie dans un coin de la cabane, toute grelottante, Lolotte attend. « Si ça se trouve, ils n'ont même pas remarqué que je suis partie… »

Soudain, Lolotte se redresse : des pas s'approchent.
Ils sont maintenant tout près.
« Quel malheur ce serait », dit une grosse voix, « si notre petite perle, notre moineau adoré nous quittait... »
« ...et comme le bébé s'ennuierait sans Lolotte »,
ajoute une autre voix, « la maison serait toute vide... »

Lolotte risque un œil par la fenêtre. La grosse voix poursuit :
« J'aimerais tant avoir un dessin de Lolotte
à accrocher dans mon bureau, qu'en penses-tu, tu ne dis rien ? »
« Je pense au gratin de raviolis », répond l'autre voix,
« c'est son plat préféré et il est en train de brûler
dans le four. »

Aussitôt la porte de la cabane s'ouvre :
« C'est vrai, maman, il y a du gratin de raviolis ? »
« Parfaitement, et de la mousse au chocolat
pour le dessert ! »

En un éclair, Lolotte se retrouve emmitouflée dans un châle
et bien au chaud dans les bras de papa. «Vite, rentrons.»
«Aaa… tchoum!»

Le gratin est succulent. Personne, à part maman, n'a remarqué qu'il était trop cuit. Lolotte chuchote à l'oreille de maman : « C'est vrai que papa aimerait un dessin pour son bureau ? »

Maintenant, bien au chaud dans son lit, Lolotte s'endort.
Dans la chambre à côté, papa ronfle déjà.
En bas, cependant, brille une petite lumière.
C'est maman qui taille les crayons de couleur, un à un,
dépose une feuille à dessin sur la table du salon,
éteint la lumière et monte se coucher.